좋은 날 하자

좋은 날
하자

나태주 시집

샘터

그대 같은 사람 하나

세상에 있어서

세상이 좀 더 따스하고

서럽고도 벅찬 봄날이

조금쯤 부드럽게

흘러갑니다

- 〈봄날의 이유〉 중에서

세월의 값

벌써 52년 전 일인가 보다. 나의 시가 서울신문 신춘문예에 당선된 것은 1971년. 시상식을 치르고 며칠 뒤 심사위원 가운데 한 분인 박목월 선생을 용산구 원효로 4가 5번지 선생 댁으로 찾아뵌 일이 있다. 마침 선생은 댁에 계셨고 새내기 시인을 위해 몇 가지 지침의 말씀을 주셨다.

"서울 같은 곳에는 올라오려고 하지 말고 시골에 눌러살면서 시나 열심히 쓰라"는 말씀이 주된 내용이었다. 그런 뒤에 후렴처럼 보태진 말이 "나 군도 앞으로 시집도 내고……" 그런 말씀이셨다. 그때 나는 속으로 '저 같은 사람이 어찌 시집을 다 내겠습니까?'라고 생각하기도 했다.

그런데, 그런데 말이다. 이렇게 많은 시집을 내고

말았다. 시력詩歷 52년에 창작 시집 50권이라! 너무 많은 책을 내고 만 것이다. 더러는 자기 모방과 동어 반복 같은 작품도 있다. 낭비라 하고 만용이라 해도 이제는 어쩔 수 없는 일. 나의 실패와 허물을 고스란히 받아안고 싶다.

스스로 나는 네 가지 마이너가 있다고 생각하며 살았다. 시를 쓴 것. 집이 시골인 것. 초등학교 선생으로 일관한 것. 자동차 없이 산 것. 하지만 나는 그 모든 것들이 메이저가 될 때까지 버티면서 살자고 그랬다. 그렇게 살아서 이제 팔순의 문턱에 이른 79세의 노인이 되었다.

진정 나의 마이너들은 메이저로 바뀌었는가? 얼마만큼 더 가보아야 한단 말인가? 63세를 일기로 세상을 뜨신 박목월 선생에 비해 나는 턱없이 많이 살고 있을뿐더러 너무나 많은 작품을 세상에 내놓고 말았다. 이를 또 어찌하면 좋단 말인가! 가는 데까지는 가 보면서 더는 실수하지 않고 부끄럽지 않기를 바랄 뿐이다.

나 같은 시골내기의 시집을 샘터사에서 내준다니, 이것은 더할 수 없는 영광이요 고마움이다. 이 또한 오래 버티고 견딘 자에게 오는 차례가 아닌가 싶어 세월에게 무릎 꿇어 감사드리고 싶은 심정이다. 샘터사 김성구 사장님과 고혁 편집장에게 심심한 감사의 말씀을 적는다.

2023년 신춘
나태주 씁니다.

차례

시인의 말 •7

1.

2.

3.

4.

5.

6.

좋은 날 하자

나태주

오늘도 해가 떴으니
좋은 날 하자

오늘도 꽃이 되고
꽃 위로 바람이 지나고

그렇지. 새들도 울어주니
좋은 날 하자

더구나 멀리 네가 있으니
더욱 좋은 날 하자.

나태주 썼습니다.

1.

사막을 안는다

사막을 가슴에 안는다

얼마나 배고프고
얼마나 춥고, 덥고
목이 말랐으면
바위가 부서져 모래가 되고
끝내 사막이 되었을까!

사막의 마음을 생각한다

아직은 참을 만하고
기다려줄 만하다
포기하지 않을 수 있다
더구나 너는 더욱
포기하지 않을 자신이 있다.

아침 통화

보고 싶다

밤새도록

잠을 설치고

아침에 일어나

전화 걸면

조금쯤

가라앉는 마음

아 오늘도

잘 있구나

목소리가 맑고도

깨끗해서 좋구나

하루가 저절로

맑아지는 느낌

그래 너 거기서

평안하거라

나 여기서

새로 핀 붉은 꽃

한 송이 본단다.

늙은 나태주

노인정에 모인 할머니들
이야기 도중
나태주가 시도 쓰냐고 말씀하신다
그런다
태권도 트롯 가수 젊은 나태주만 알고
60년 넘게 시만 쓰고 산
늙은 이 나태주를
모르신 탓이다.

진주까지

진주가 머네
KTX 타고서도
대전서 두 시간 넘게

차창으로 보이는 풍경
산과 들 나무, 나무 풀
초록 속에서 너를 만나고

기차에서 내려 허기진 배
낯선 국숫집에서 국수를
사서 먹으면서도 너를 만나서

대전서 진주까지
끝까지 멀지는 않았네
KTX 타고.

백련

예쁘다 예쁘다
보고 싶다
많이 보고 싶다

생각하는 사이
그녀는 불쑥
버선목을 뽑아
맨발을 보여주었다

발가락 발가락
엄지발가락
새 햇빛 속에 새로운 꿈
속살이 새하얗다.

마스크 사진

마스크 쓰니
사람들이 슬퍼 보인다
너는 더 슬퍼 보인다

새하얀 색깔 뒤에
도사린 검은빛
고양이 한 마리

더없이 눈빛이
선해 보이고
맑고도 깊게 보인다

이리 온!
나는 두 손을 내민다.

걱정

만날 때마다
몸이 아픈 건 아니냐고
얼굴이 틀렸다고
말해주는 사람 있고

만날 때마다
무슨 좋은 일 있냐고
얼굴이 좋아 보인다고
말해주는 사람 있다

누가 정말 나를
생각해 주는 사람일까?

마스크 천하

코로나 만나 마스크 쓰고 사니
오히려 편하다는 사람들 있다
표정 관리 안 하고 살아서
좋다는 사람도 있다
그 대신 말조심한다
눈빛도 조심한다
코로나 끝나도 사람들
마스크 벗지 않으려 할지 모르겠다

마스크가 시키는 일이다.

신라新羅 찬讚

금빛이 없는데
금빛을 꿈꿉니다

노래 없는데
노래를 듣고

여릿여릿 세상에 없는
춤을 봅니다

신라 천년 왕조
어불성설語不成說 황금의 나라

죽어서도 끝내 사는 목숨
오늘이 또 영원임을 압니다.

강원도

고개
고개
넘어서 바다

이제는

터널
터널
지나서 하늘.

휴

나무 옆에 서 있는
한 남자

남자 옆에 서 있는
한 여자

여자 옆에 서 있는
아이들 여럿

드디어 나무 옆에
사람들의 숲

겨우 숨결이 편안해진다
겨우 눈길이 부드러워진다

나도 너를 내려놓고

너도 나를 내려놓고.

공명

904호
우리 집 앞집 아파트
새로 이사 온 젊은 아낙네
아침마다 만들어내는 피아노 소리
딩동댕동, 딩동
9월의 아침 햇살을 더욱
방글방글 피어오르게 하고
앞산의 나무들도 공중에
떠올라 헤엄치게 하고
아파트 한 동을 통째로 하늘에
두둥실 들어 올려 춤추게 한다.

포옹

왜 나는 너를 만나고 싶고
너를 안아주고 싶은 걸까?
그건 네가 그동안 오래 잃어버린
나 자신이기 때문 아닐까!
그렇다면 너를 안아주는 일은
너를 안아주는 게 아니라
결국
나를 안아주는 게 아닐까!
모르겠다
얼른 너를 만나
너를 안아주고 싶다.

어려운 질문

평화가 무엇인가 말해보라고요?

그것은 어려운 질문입니다

인생이 무엇인가

사랑이 무엇인가

대답이 어려운 것처럼 말입니다

억지로라도 말하라 하시면

하늘이 하늘대로 있고 땅이 땅대로 있고

인간이 인간대로 있는 것

땅 위의 나무나 풀, 짐승이나 벌레 하나까지

모든 생명들이 싸우지 않고

버팅기지 않고 스스로 그런대로

제 모습대로 살아가는 것

그것이 평화가 아닐까요!

거기다 더한다면 자기가 자기에게 만족하고

자기 스스로를 용서하고 사랑하는 것

그것이 또 평화가 아닐까요!
그러나 요즘은 지구 할아버지부터
병들고 힘들어 숨 쉬기조차 어려운 세상
평화란 말을 입에 올리기조차 송구하네요.

새벽 뻐꾸기

새벽에도 뻐꾸기는 운다
아니 초저녁에도 울고
깊은 밤에도 운다
다만 사람들이 뻐꾸기는
낮에만 운다고 믿기 때문에
낮에만 우는 것이다
밤이면 방으로 들어가고
더구나 잠을 자기 때문에
뻐꾸기는 낮에만 우는
새가 되는 것이다
구름 낀 날에도 태양은 떠 있고
비 오는 날에도 별빛은 빛나고 있다
하늘 너머 구름 너머
속이지 말고 속지도 말 일이다
우리가 눈 감고 있을 때

무심히 마음을 닫고 사는 날에도

강물은 여전히 서러운 몸짓으로 흐르고

산골짜기 이름 모를 꽃들은

소식도 없이

피었다가 지는 것이다.

힘든 너에게

어제오늘
힘들었지?

힘들어도
힘내라

지쳤어도
지치지 말자

가다가 보면
쉴 날이 온다

그날에 우리
손잡자

손잡고
흰 구름 되고

나무숲 흔드는
바람도 되자.

풍선 마음

젊고 예쁜 아이를 만나면
네가 보고 싶어진다
웃는 아이
사랑스런 아이를 보면
더욱 네가 보고 싶어진다
그 마음 풍선 되어
나무 끝까지
하늘 끝까지 간다
높이높이 떠서 흐른다
그런 소망 하나로
오늘도 나는 산다
나를 견딘다.

재회

눈물 번지리
창밖에 부신 햇빛
창 안에 고운 웃음

그래도는 아이야
만남은 또 하나의
헤어짐

헤어질 때
너무 힘들게 아프게는
헤어지지 말자꾸나.

서천 역사

거기 가면 해진 바지 차림
입을 외투도 없이
시린 손 호주머니에 찌른 채
쉽게는 오지 않는 서울행 완행열차
기다리고 또 기다리던 열아홉 살
나를 찾을 수 있을까?

거기 가면 인천시 도화동
사랑하는 제물포 처녀를 찾아갔다가
문간에서 쫓겨나 훌쩍이며 흐느끼며
고향 집 찾아오던
어리석고도 어리석었던 스무 살 중반의
나를 만날 수 있을까?

만나게 되면 어깨라도 한번 툭 쳐주며

씨익 한번 웃어주어야지
이봐 젊은이 뭐가 그리 심각한가
인생이란 무작정 그냥 살아보는 거야

지금은 사라지고 없지만
옛날의 서천역, 서천 역사驛舍,
또 하나의 나.

감상주의자 1

다른 무슨 까닭이 따로 있겠니?
다만 길거리에 그것도
낯선 길거리에 너 혼자 세워놓고
돌아서는 마음이 마냥
흔들리고 구슬프기만 했단다
돌아보고 또 돌아보는 마음을
너무 나무라지 말아라
사람은 언제부터 그렇게
눈에 보이지도 않는 한 점 붉고도
부끄러운 잔정에 끄달려 살았던가
언제까지 뒤돌아보고 망설이고
보고서도 또 보고 싶은 마음에
매달려 살았던가
이것은 목숨 가진 자의 한낱 굴레
부디 길 잃지 말고 집 찾아

잘 돌아가기만 비는 마음이었단다.

감상주의자 2

정작 헤어짐보다
헤어짐을 앞두고
헤어짐을 두려워함이
더욱 사람을 힘들게
하는 게 아닐까

살짝 날카로운
칼날에 스친 듯
까끌까끌 가시에 찔린 듯
성가시기도 하고
아립기도 한.

다시 데스밸리

거기서 나는 끝내
죽고 싶었다
너와 함께라면

죽어서 하얀 나무가 되고
까만 나무가 되어

정말로 너와 함께라면
다시 거기서 나는
끝내 살고 싶었다

땅바닥을 기는 벌레가 되어
천 길 뿌리내린
목마른 풀포기 되어.

시그널 뮤직

주름이 많은 손
가을 햇빛이 내려와
쓰다듬어 준다
수고했어
수고 많았어
어디선가
들릴 듯 말 듯 한
여자아이의 노래
서쪽 하늘 엄마별
동쪽 하늘 아기별

나를 부른다.

둘이서

둘이서 손잡고
꽃나무 아래 갔지요

너도 꽃나무
나도 꽃나무

둘이서 꽃나무 아래
꽃나무였지요.

꽃다발

마음을 보여줄 수 없어
꽃을 보여주고

마음을 줄 수 없어
꽃다발을 드리니

부디 거절하지
마시기 바랍니다.

밤에 피는 꽃

와!
밤에 핀 꽃이라니!

하늘의 별들이 모두 내려와
나무에 걸렸나 보다

짝! 짝! 짝!
별들이 손뼉 치는
소리도 들린다.

배달 왔어요

뿡뿡
배달 왔어요
구름을 신고 왔고
바람을 신고 왔고
가을까지 데리고 왔어요
올해도 좋은 가을
당신이 일한 만큼
행복하시기 바래요.

곁에

잠시
네 곁에 머물다
가고 싶다

한 장의 그림처럼
한 소절 음악처럼

너도 그렇게
내 곁에 잠시
머물다 갔으면 한다.

비었다

산이 비었다
숲이 비었다
개울이 비었고
개울 물소리마저
비었다
한 사람, 오직
한 사람이 없어서
설악산이 비었고
백담사가 비었고
만해 마을이 비었고
끝내 나마저 비었다.

제민천 길

여름이면 물고기가 자란다
살이 오른다
맑은 물에 물고기들
힘차게 헤엄을 친다
은빛 비늘 햇빛에 뒤채기도 한다
종알종알 아이들 소리처럼
물소리가 가슴에 와 안긴다
자전거에서 내려 길을 걷는다
자전거 바퀴가 굴러간다
기분이 좋아진다
드디어 나도 한 마리
물고기가 되어 공기 속을
헤엄쳐 간다.

삼거리에서

자동차들 빠르게
스쳐 지나가는 삼거리
바람에 옷자락이며 긴 머리카락
휘날리게 하는 여름의 한낮
쉽게 오지 않는
카카오택시를 기다리며
잠시 허리 구부려 네 발을 잡으며
기도를 챙긴다
한두 마디 빠르게 흐르는
화살기도
이 발을 지켜주소서
이 발의 임자를 지켜주소서
여기까지 이끈 이 발에 감사하나이다
그것은 우리 둘만의 예의
만났을 때와 헤어질 때

마음을 채우는 의식

반가움도 조금 다스려주고

섭섭함도 조금은 달래주는.

새벽 감성을 당신에게

고마워요. 고마워요. 차마 그 말조차 하기 어렵네요. 미안해요. 미안해요. 그 말은 더욱 어렵고요. 우리를 대신해서 힘들고 우리를 대신해서 지치고 우리를 대신해서 고달프고 우리를 대신해서 아프기도 한 당신. 당신에게 무슨 말을 드려야 할는지요…… 다만 당신의 청춘과 건강을 바쳐 우리가 건강을 되찾고 우리의 청춘이 다시 청춘인 걸 알아요.

고마워요. 미안해요. 감사해요. 이제는 이 말을 좀 받아줘요. 그러고는 우리 같이 가요. 혼자가 아니라 같이 가요. 아무리 힘든 일이라도 함께하면 조금씩 쉬워지지요. 아무리 먼 길이라 해도 함께 가면 조금씩 가까워지지요. 그래요. 우리는 혼자가 아니에요. 나와 함께 당신이고 당신과 함께 나예요. 그 말이 새삼 가슴에 힘이 됩니다.

너무 힘들어하지 마세요. 초대 없이 찾아온 이 세상, 우리는 날마다 사는 일이 서툴고 하루하루가 처음 사는 인생이지요. 그러기에 더욱 우리네 인생은 순간순간 새롭고 싱싱하고 가슴 설레는 여행이지요. 여행길에서 만나는 사람들이지요. 힘내세요. 당신 곁에 내가 있어요. 당신과 함께 숨을 쉬고 있고 자박자박 힘들고 지친 당신 발걸음에 내 작은 발걸음을 보태고 있어요.

그래요. 우리 힘든 여행길 너무 힘들지 않게 떠나요. 오로지 당신이 있기에 내가 있고 내가 있어 당신이 있음을 믿어요. 힘들더라도 조금 덜 힘드시고 지치더라도 조금 덜 지치시고 마음 아프더라도 조금 덜 아프시기 바래요. 인생의 끝날, 우리 같이 웃기를 바래요.

아름다운 소비

인생은 어차피 소비다
나는 너를 소비하고
너는 나를 소비하고

그렇지만 너는
아름다운 소비
언제든 거부할 수 없다.

눈에 삼삼

키 크고 잘생긴
아이들 사이

키 작고 못생긴 아이
눈에 밟혀서

눈에 삼삼
잊혀지지 않아

끝내 마음속 별이 된다
꽃이 된다.

강연장에서

1. 삼행시

나, 나태주는
태, 태어나면서부터
주, 주님의 은총을 받은 사람이다

어떻게 알았을까?
처음 본 중학생 아이
내가 교회 다니는
사람이라는 것!

2. 이중국적

더러 아이들이

말하기도 했다

나태주는
이중국적자라고

본적은 한국인데
천국이 또 다른
국적이라고.

바다의 선물

해마다 새해가 되면 내가
친지들에게 보내는 선물은
겨울 바다에서 자란 햇김

해마다 추석이나 설날 명절에
친한 이웃들과 나누는 선물 또한
여름 바다에서 잡힌 햇멸치

비록 작고 보잘것없는 물건들이지만
겨울 바다를 나누고
여름 바다를 나누고 싶어 하는
내 작은 마음의 소망

누구도 거절하지 않고
받아주시니

다만 고마울 따름입니다.

그대로
— 서천, 국립생태원

있는 그대로
있고 싶은 그대로
있어야 할 그대로

모방할 수 없는
또 하나의 자연
무지갯빛 그대로.

2.

소감

봄의 들판
여름의 언덕
가을의 나무
아, 겨울의 눈

그리고도 흰 구름과 바람과
별과 새들과 강물과
너 한 사람!

이 세상에 와서 내가 만난
가장 빛나고도 서럽고도
아름다운 항목들.

숨결

강물을 막지 말아라
강물은 바다와 육지의 통로
모든 생명체가 바다에서 생겨
강물을 통해 육지로
왔다 하지 않더냐

그래서 사람의 피에서
바다 비린내가 나고
뿐더러 사람 몸속의 모든
칼슘 성분은 바다에서
왔다 하지 않더냐

강물은 육지의 숨결
강물이 저리도 세차게
서럽게 흐르는 건

바다로 이르고 싶은

육지의 숨결이 그만큼

세차고도 서러워서 그런 거란다

강물을 막지 말아라

강물이 숨 쉬어야

육지도 숨을 쉬고

바다도 숨을 쉬고

인간도 숨을 쉬는 거란다.

남해도서관행

느닷없이 잠 깨어
옛날 고향에 온 듯한 느낌

만나는 사람들이 그렇고
만나서 먹은 음식점
음식이 그렇고

음식점 옆
누렇게 벼들이 익어가는
가을 논에 무차별
쏟아지는 샛노란
햇살이 또 그렇고

남해도서관의 어여쁜
여자 관장님

이름이 류지앵

버들 류에 가지 지 꾀꼬리 앵

버드나무 가지에 꾀꼬리라니!

가을 예감

거기도 햇빛이 밝아졌느냐
거기도 바람이 맑아졌느냐
문 열자마자
새로 태어난 것 같은 세상
새로 눈을 뜬 것 같은 세상
눈빛을 반짝이며
흐르는 개울
분명 지금 저 맑은 개울물 속에는
은빛 비늘 반짝이는
물고기들이 물살을 거슬러
헤엄치고 있을 거다
눈부신 몸통 늠름한 자태로
우뚝우뚝 서 있는 나무들
아버지처럼 어머니처럼
자애롭게 다가서는 산과 능선들

여기는 이렇게 세상이 달라졌단다

야호 야호 문 열고

외치고 싶은 세상이란다.

가을 생각

가을 오니 더욱 보고 싶어진다
찬 바람이 너 보고 싶은 마음
데리고 오나 보다

맑고 깊은 하늘 푸른 하늘이
너 보고 싶어 하는 마음
가져다주나 보다

오늘은 바람 좋고
하늘도 맑은 날

강가에나 나가 한나절
강물을 들여다보며
네 생각이나 해볼까 한다.

속가의 선물

스님 선명 스님
예쁘기도 하고
어리기도 하신 스님
산사에서 보내주신
추석 선물 받고
미안한 마음
고마운 심사
스님 책에서 읽은 대로
속가에 계신 부친이
생선을 자꾸만 보내줘
화를 냈다는데
나도 생선을 보낼 수 없어
다만 멀리 하늘을 봅니다
스님 좋은 인생입니다
그곳에서 편히 계시기 빕니다.

괜찮아

괜찮아 서툴러도 괜찮아

서툰 것이 인생이란다

조금쯤 틀려도 괜찮아

조금씩 틀리는 것이 인생이란다

어찌 우리가 모든 걸

미리 알고 세상에 왔겠니!

아무런 준비도 없이

세상에 온 우리

아무런 연습도 없이

하루하루 사는 우리

경기하듯 연습을 하고

연습하듯 경기하란 말이 있단다

우리 그렇게 담담하게

하루하루 순간순간을 살자

틀려도 괜찮아

조금쯤 서툴러도 괜찮아.

명절

할머니가
손자를 만나 얘기했다
좋은 세상이다
잘 살아라

손자가
할머니에게 대답했다
좋은 세상이에요
할머니도 오래 사세요.

부부 약속

사람의 가장 큰 소망은
건강하게 오래 사는 것
건강하게 오래 사는 데
필요한 것은 기쁨
나는 이제부터 당신의
기쁨이 되겠습니다
당신도 내 기쁨의
이웃이 되어주십시오.

어머니의 일

와 놀라워라

애기 가진 젊은 여자가

갑자기 신맛 음식이 먹고 싶은 것은

자기 몸속의 칼슘을 녹여

애기에게 주고 싶어서

그런 거라는 말씀!

처음 듣는 이야기

와 고맙고도 감사해라

그렇게 내가 우리 어머니 애기였고

그렇게 우리 집 아이들은

또 우리 집사람 애기였구나

여자는 애기를 낳아

엄마가 되는 순간

위대한 사람이 된다는 사실

와 놀라워라 새롭게 깨닫고

너무나 늦게 배워 알게 된 일들.

꽃나무 모자

목포역에서 기차를 내려

다리를 세 개나 건너 찾아가는

자은도 문학 강연길

천사의 다리를 건너자

암태도 기동삼거리에

떠억하니 나타난

동백 꽃나무 모자 벽화

담장 안에 피어 있는 두 그루

동백나무에 잇대어 그려진

남자 노인 여자 노인 얼굴

처음엔 여자 노인 얼굴만

그리기로 했는데

남편 되는 분이 자기

얼굴도 그려달라 그래서

그 옆에 동백나무 한 그루 더 심고

나란히 그렸다는 이야기

아름다운 마음 순한 인간의 숨결이여

지나는 행인들 향해 빙그레

웃고 있는 늙었지만

꽃다운 얼굴이여 꽃나무 모자여

당신들 웃음으로 하여 꽃나무 모자로 하여

전혀 꽃 같지 않은 세상이 때로

꽃이 되기도 한답니다.

능소화 아래

우중충한 여름날
장마철에 피는 꽃
먹구름 하늘에 주황빛 밝은
등불을 조롱조롱 밝혀 다는 꽃

능소화 꽃그늘 아래
둘이는 서성이는 눈빛으로 만나서
꽃 이야기를 주고받다가
수줍게 손을 잡기도 했지

그러고서 얼마 만이냐
능소화꽃 가뭇없이 지고
먹구름도 떠나가고
흰 구름 피어오르는 날

능소화나무 아래 둘이는
다시 만나 능소화 이야기를 했지
지금은 지고 없는 꽃
꽃 이야기를 나눴지

살그머니 네가 내 어깨 위에
머리를 기대어 온 것은
바로 그때였지
너는 능소화꽃이고 나는 능소화나무

누가 보려거든 보라지 뭐.

너 거기에

너 거기에 있거라
가까이 오지 말고
그 자리 지켜 거기에 있거라

향기론 입술
부드러운 숨소리
그냥 그대로
아 눈부신 눈빛 그대로

그 자리 지켜 있으면
어느새 너는 꽃이 되고
새암물 되고 강물이 되고
드디어 산이 되기도 할 것이니

나도 당분간은 너를 지켜

여기 있으마

부지런히 숨 쉬며

졸지 않고 다른 꿈 꾸지 않고

여기 있으마.

고맙다

아침저녁 찬 바람 부니
외로워진다
잠들었던 외로움이
살아난 거다

맑은 하늘 흰 구름 높이 뜨니
잊었던 사람 생각난다
멀리 떠난 그리움이
돌아온 거다

멀리 있는 사람이 고맙다
아침저녁 찬 바람
맑은 하늘 흰 구름이 고맙다
오늘도 살아 있는 내가 더 고맙다.

혼자인 날

문득 그 애가 보고 싶다
만나고 돌아갈 때면
언제나 울었다는 그 아이

눈물 그렁그렁 눈매에
어슬어슬 산그늘을
담아 갔으리라

노리끼리 오후의 햇살
맨몸 강물 위에 몸부림치는
햇살을 담아 갔으리라

지금은 어디서 누구랑
만났다 헤어지고 있을까
눈물 글썽이고 있을까.

유리창 너머

세상에서 가장 아름답다는
스페인의 그라나다 알람브라궁전
내게는 그 무엇보다도
궁전의 마지막 주인이었던
보압딜 왕이 남겼다는 말이
가슴을 친다

나라를 잃는 것보다
궁전을 잃는 것이 더욱 슬프다!
더더욱 모후의 말은 가슴을 친다
사내답게 나라를 지키지도 못했으면서
왜 비둘기처럼 헛되게 우느냐!

쫓겨서 울면서, 울면서 넘어갔다는
시에라네바다 산등성이

나는 유리창 너머로 오랫동안
바라보고 또 바라보고 있었다

비라도 내리는 날이었을까
들먹이는 마지막 술탄의
가냘픈 어깨가 보이는 듯했다.

이별

잘 가

가서는
여기 잊고

거기서
잘 살아

부탁한다.

단풍철

오매, 이제는
단풍 보기도 힘들겠네
초록 잎 그대로
시들어 떨어지는
나무 이파리
깜짝깜짝 놀라며
가을을 맞는 나무
진저리 치면서
봄을 기다리겠네
나무 나무 산 산.

좋은 때

지금이 네 인생에서

가장 좋은 때

그런데 너만 그걸 모르지

그럴 거야

정작 좋은 때는

그게 좋은 때인 줄

몰라서 좋은 때인 거야

사랑하는 사람 있으니 좋고

네 사랑 받아주는 사람 있으니

그 얼마나 좋아

더구나 너의 사랑

순결하니 좋고

너의 사랑 받아주는 사람

어리고 어리니 더욱 좋은 일

의심하지 말아라

더 좋은 사랑 꿈꾸지 말아라

너는 새로 솟아나는

풀잎이거나

새로 피어나는 꽃잎이거나

아침 상쾌한 하늘

높이높이 솟구치는 새들의 날개

그 같은 생명, 생명들의 어울림

의심하지 말아라

더 좋은 때를 바라지 말아라

이만큼 보기에도 더없이

네가 좋아 보인다.

아침 인사

잘 잤어?
아침 햇빛은
눈부시고?
그리고
숨 쉬기는 좋아?
보이는 것 가운데
미운 건 없어?
그럼 됐어
오늘도
잘 살기 바래.

첫 열매
— 김대건 신부님

하얀 눈, 새하얀
눈밭에 어느 날 뚝
핏방울 하나
내려와 앉았다

그로부터 눈밭은
조금씩 핏빛이
번지기 시작했고

사람들은 뒷날
그 핏방울을
하늘의 선한
첫 열매라 불렀다.

아기처럼

이번에도 나의 팔이 나 대신
부상을 당해주고 고생을 했다
글쎄 문학관 꽃밭의 풀을 손질하다가
사람 키로 두 길이나 되는
낭떠러지 돌담에서 뒹굴어
떨어졌지 뭔가
몸을 둥글게 말고 가볍게
그것도 저항 없이 휘익
바람이나처럼 풀잎이나
나무 막대처럼 떨어졌으니 망정이지
정말로 큰일 날 뻔했지 뭔가
맨바닥에 궁둥이로 쿵
떨어지고 나서도 온몸이 멀쩡하니
얼마나 다행한 일인가
하나님이 이번에도 나를 당신의

아기처럼 받아 안아주신 것이 분명하다
언제까지 하나님은 나를 이렇게
당신의 아기로 받아서
안아주실 것인가!

변하는 세상에

세상은 변하지
변하기에 세상이지
자연도 변하고
사람도 변하고
물건도 변하지

변하지 않는 건
아무것도 없지
사람의 마음 또한 변하지
변하는 마음이기에
사람의 마음이고 또
살아 있는 마음이지

하지만 말야
변하는 세상에 가장

예쁘고 사랑스럽고 깨끗한
너를 알게 되어 기뻐
그러한 너를
사랑할 수 있어서 기뻐

변하는 세상
변하는 자연과 사물과 사람들
사람의 마음들
그 중심에 내가 너를 진정
좋아했던 마음이 있지

아무리 세상이 변하고
자연이 변하고 사람이 변하고
사물이 변하고
사람 마음마저 변해도

너를 사랑했던 마음은
그대로 변하지 않지
그 자리에 있지

가장 예쁘고 사랑스럽고
맑고도 깨끗한 너의 인생
그 인생과 함께한
나의 날들에게 감사해
너에게 더욱 감사해.

새벽 시간 1

자다가 깨어 한동안 컴퓨터 앞에 앉아
글을 쓰다가 오그라진 팔 오그라진 다리
오그라진 손가락 데리고
안방 침대에서 자고 있는 아내
이불을 들치고 누워본다
늙은 아내 등판이 여전히 푸근하고 따스하다
나의 모든 걸 묵언으로 받아준다
나는 앞으로 얼마 동안
이런 푸근함과 따스함과 묵언을 함께할 수 있을 것인가?
이 푸근함과 따스함과 묵언은 얼마 동안 내 옆에
머물러줄 것인가?
가슴이 뻐근해진다.

만추

꽃나무 아래
자전거를 세우고
전화를 건다

아니, 꽃을 피웠던 나무
이제는 푸스스
잎조차 시들기 시작하는
꽃나무 아래
자전거를 세우고
전화를 건다

여기 꽃이 있었다고
꽃이 피던 날에
너도 함께 여기 있었다고
그러나 지금은

꽃을 볼 수 없다고
잎새마저 시들어가고 있다고

어디선가 새들이
내 말을 알아듣고
저들끼리
지절거리다 간다.

가을 이별

또다시 가을이야
맑고 고운 쪽빛
가을 하늘 아래
잘 지내다가
또 만나자

번개처럼 벼락처럼
우리는 우주 공간 어디메
떠도는 별이 아니었더냐
그렇지 떠돌이별

두 개의 떠돌이별이
기약도 없이 가끔
그렇게 만난 거야

그러니 기적이 아니겠니!

눈물이라도 조금

번져야 했던 거야.

문자 메시지

가을도 가고
꽃들 모두 지고 말아
꽃 보러 오던 사람
꽃이 없어
어찌할까?

봄이라도 다시 와야
그 사람 다시
오겠지!

시인이 바로 꽃인데
언제 간들 봄이
아니겠는지요

문자 메시지가 바로

예쁜 시였습니다.

페르소나

멀리 있어도
가까이 있는 듯
밖에 있어도
안에 있는 듯

그 아이
그 숨결
이 아침에 느끼며
그 아이를
또 하나의
나라고 부른다

옛날 아주 옛날
혼자 산길 가다가 만난
이름 모를 산꽃

산꽃이라 부른다.

애상

나는 왜
아무런
슬픈 일도 없으면서
슬픈 것이냐

나는 왜
아무런
잃은 것도 없으면서
허전한 것이냐

이것이
가을이 주는
선물이라면
가을이 언능
떠났으면 좋겠다

철부지
아이들의 애상도
아니면서
이것은 좀 지나친
애상이 아닐까

저만큼 시들어가는
풀들이 보면서 웃는다.

늦가을

아무도 가르쳐주지 않고
아무도 동행해 주지 않은 나의 인생

아무도 가르쳐주지 않은 것이
나의 가르침이었고

아무도 동행해 주지 않은 것이
오히려 동행이 아니었을까?

저만큼 가다가 돌아선 가을이
정색한 얼굴로 묻는다.

• 분명 저만큼 떠난 줄 알았던 가을이 다시 돌아와 마음 아프게 한다. 우리
 들 청춘과 사랑의 뒷모습도 그렇지 않으랴.

3.

KTX

외눈박이
남방 큰고래 한 마리
나를 향해
길게 질주, 관통한다
아마도 나를
큰 바다로 데리고
가고 싶은가 보다.

뒷정

날이 차다고
바람이 분다고
그만 나오라고
거기 서 있으라고

손을 놓고
손을 흔들고
두어 발짝 씩씩하게
아무렇지도 않은 듯
내딛다가도

마음이 허전하고
두 손이 허전해서
뒤를 돌아보는
이 심사는 또 뭐냐

사람의 정이란 이렇듯
야릇한 것이 아니냐
다시 만나자고
다시 만날 것이라고.

우정

함께해 온 날들에
감사

앞으로 함께할 날들에
미리 감사.

청도행

눈 감고
눈 감고 간다

졸면서
졸면서 간다

아니다
꿈꾸며 간다.

산책

조금만 함께 가지 했지요
그러나 꽃향기 좋아 풀 향기 좋아
멀리까지 와버리고 말았어요

할 얘기가 있었던 것도 아니지요
그저 그런 얘기 이 얘기 저 얘기
서로 나누다가 그만 눈물이 글썽
가슴이 찡하기도 했지요

이젠 돌아갈까 그래요
등 뒤에서 꽃들이 웃고
새들이 웃겠지요.

줄넘기

줄넘기하자 폴짝
이번에는 네가 넘어라
다음에는 내가 넘을게

줄넘기하자 폴짝
친구들아 거기서
구경만 하지 말고
이리 와서 함께 넘자

줄넘기하면서
네가 있어야 내가 있고
내가 있어야 네가 있음을
새롭게 배운다.

좋아요

그냥 좋아요
힘들게 빨래해서
빨랫줄에 널고
햇볕 바른 날
병아리 암탉
그 곁에
멍멍이 또 그 곁에
잠시 그저 잠시
나란히 의자에 앉아
쉬는 시간
잠시의 휴식
무슨 이야기를 해도
오해가 없고
마음 무겁지 않은
그 누구와 함께

좋아요 그냥
다 좋아요
사람이 좋고
햇빛이 좋고
바람이 좋아요.

봄밤

꽃들이 피는 밤이에요
새가 우는 밤이에요

꽃들만 뜰에 두고
혼자서 방에 들어와
잠들기 아쉬워요

새들만 나무 위에 두고
혼자서 방에 들어와
잠들기 미안해요

바람에서도
향내가 묻어나고
사람의 마음에서도
향내가 날 것 같아요.

먼 곳

먼 곳에 갔었다
먼 곳은 낯선 곳
사람도 낯설고
풍경도 낯설고
마을을 가로지르는
넓은 개울물
개울물 위에
커다란 다리
마음도 한 자락
그곳에 두고 왔다
먼 곳이 이제
내 마음속에 들어와
살기 시작했다.

눈이 삼삼

예쁘구나 눈이 삼삼
서로 닮고 닮지 않아
더욱 예쁘구나

꽃 같구나 알록달록
고운 옷 예쁜 모자
게다가 신발까지

지금처럼 그렇게
정답게 살아야지
예쁘게 살아야지.

옛집

옛날에 살던 집, 옛집
옛집은 보이지 않는다
더 이상 세상에는 없는 집
그러나 가끔씩 보인다
혼자일 때
외로울 때
몸이 아프고 정신이 맑을 때

좁은 마당에 감나무 두 그루.

산 너머

저 너머
저 산 너머
누가 누가 사나?

눈이 맑은 애
귀가 밝은 애
살겠지

보고 싶어
산새 두 마리
울며 난다
짹째글 짹째글.

꽃향기

키 큰 애들
키 작은 애들
사이좋게 노는
모습 보기 좋아

나비
나비 한 마리
살그머니 날아와
꽃향기 맡고 간다

키 큰 애들 향기
키 작은 애들 향기.

노랑

찰랑찰랑 차오르는 봄
노랑으로 채웠다
들판을 채우고
마을을 채우고
마지막 남은 들길
마을 길까지
노랑으로 채웠다
노랑은 봄이 되어
하나님이 맨 처음
돌려주시는 선물
노랑아
노랑 유채꽃들아
많이 많이 채우더라도
하늘까지는 채우지 마라
들판 위에 조그만

집 한 채

나무 몇 그루

그 위에 새들이랑

지우지 마라.

밥

밥은 어머니
어머니 사랑
어머니 밥 지을 때
구수한 냄새
어머니 냄새
집 떠나 떠돌 때도
그 냄새 잊지 못해요.

엄마의 말

아가야 미안해

그렇지만 아가야
엄마가 지켜보고 있으니
너무 걱정하지 말아라

아가야, 사랑한다.

수선화

봄날의 요정
노랑 등불
하나씩 들고

내가 왔어요
올해도 봄이 되어
내가 왔어요

수선화 소리 없이
나팔을 분다
황금빛 소리로.

빈집

아무도 없다

그래도 선뜻
발길 들일 수 없는 것은
저 붉은 장미
담장에 피어
이쪽을 보고 있기 때문이다

푸른 나무도 그 옆에서
집을 지키고 있기 때문이다.

우리 마을

작은 마을이라고
깔보시면 안 돼요
좋은 것은 다 있는 게
우리 마을

씩씩한 우리 아빠
송아지 끌고
예쁜 우리 엄마
집을 지키고

나는 나는야
오빠 손 잡고
오리 구경 가요

오리는 또 세 마리

아빠오리 엄마오리

아기오리.

옛날

옛날
아주 옛날
기와집 짓고 살 때

고개
고개 넘어
집 떠나는 딸아이

노랑 저고리
빨강 치마
차려입고

멀리
멀리서 보며
울기도 했네

잘 가라 아가야
잘 가서
잘 살아라

네 어머니
어머니
그럴게요 그럴게요.

그래도 그리운 날

아이들 군것질감
사주려고 심심풀이 다니던
일터가 아니었어요

여러 식구 함께
밥 먹고 살기 위해
다니던 일터였어요

하루 종일 팔다리 어깨
아프게 일하다가
일손 놓고 돌아오는 길

집이 가까이 마음이
더 가까이 와 있었어요
얼른 가야지 아이들을 만나야지

돌아보아 그래도

그런 날이 그리운 날이었어요

다시는 돌아갈 수도 없는 날들.

우리 집

숙이야
느이 집이 어디냐?
느이 집은 교회당 옆집

영이야
느이 집은 어디냐?
숙이네 집 옆집

숙이네도 영이네도
자동차가 있지만
우리 집만 자동차가 없단다

그렇지만 우리 집은
빨강 지붕이 예쁜 집.

논둑길

마음이 간다
사랑이 간다
사람의 발걸음도
따라서 간다
비틀거리지 마라
비틀거리지 마라
무논에서 자라는
벼들이 보고 있단다.

세탁소 주인

그런 날들이 있었지

날마다 남의 옷가지
빨아서 해진 곳 찾아서 깁고
다리고 다듬어
새 옷으로 바꾸어주던 시절

돌아보아 고달프긴 했어도
세상을 깨끗하게 만들던
날이었다네
이제는 돌아갈 수 없는 날들

내가 나를
칭찬해 주고 싶어요
잘했어요

참 잘했어요.

윤동주 1

짧아서 슬프다

슬퍼서 오래
지워지지 않는 향기.

그냥

사람이 그립다
많은 사람 속에 있어도
사람이 그립다
그냥 너 한 사람.

외로움

개울가에
나무도 하나
집도 하나.

성형미인

언뜻 보기는 예쁜데

오래 보고 있으려면

민망해지는 마음.

다시 묘비명

흠집 많은 인간 하나
하늘나라로 갑니다
흠집 그대로 받아주소서.

연애 감정

나도 네 앞에서는
한 송이 꽃으로
팡!
터지고 싶었단다.

아내

있는 듯 없고
없는 듯 있는 사람.

입술

네 얼굴 위의

UFO

나는 늘 그것이

궁금했다.

첫 입술

사과 향기라 할까
복숭아 향기라 할까
처음 맡아보는 향기
끝내 침을 삼킬 수가 없었다.

김윤식 선생

입은 비뚤어졌는데
말씀만은 평생
반듯하게 하다 간 평론가.

• 김윤식 교수는 생전에 나의 《슬픔에 손목 잡혀》란 시집 출판기념회 축하
  자리에 와서 '독기가 많이 빠졌군.' 딱 한마디 축사하고 단상을 내려온 일
  이 있다.

12월

더는 물러설 자리가 없네

지금은 쥐었던 주먹을
풀어야만 할 때,

너도 부디 너 자신을
용서해 주기 바란다.

창밖

가을이 너무 빠르게
제 꼬리를 자르며
지나간다, 도마뱀처럼.

평창

산을 감싸고 감싸고
흐르는 안개
네 마음인 것 같아
눈물겹다.

시론

처음 말을 배우는 어린아이처럼

말을 하라

그 말을 시 아닌 것처럼 쓰라.

할머니와 손녀

오래 산 여자와
오래 살 여자가
마주 앉아 놀고 있네
노래도 하네.

삶의 보람

다른 사람한테서 무언가 받았을 때
보람 있는 삶을 살았다고
말하는 사람이 있고

다른 사람에게 무엇인가 주었을 때
보람 있는 삶을 살았다고
말하는 사람이 있다

누가 정말
보람 있는 삶을 산 사람일까?

주차장

예쁜 길고양이 한 마리
빠르게 달려간다

성난 길고양이 한 마리
예쁜 고양이 뒤를 따른다

둘이서 주차해 논
자동차 밑으로 들어간다

한참 동안 밖으로
나오지 않는다.

4.

부탁

늘 있거라
그 자리에 있거라
10년을 두고

늘
그 자리에 있어다오
앞으로도 10년을 두고.

• 너 거기 있거라. 그 말은 언젠가는 찾아가겠다는 말. 오래 잊지 않겠다는
말. 나 또한 여기 오래 있겠노라는 말. 기다리겠다는 말. 너 거기 있어라,
그 말은 서로가 서로를 지켜주자는 말. 오래 기다리며 사랑하겠다는 하
나의 결의.

본색本色

나무는 꽃 피워봐야 알고
사람은 죽어봐야 안다.

꽃밭 옆

반가워요
반가워요
하얀 꽃들이 인사한다

좋아요
좋아요
붉은 꽃들이 고개 끄덕인다

그래 그래
그래
나도 고개 끄덕여 준다.

개망초

쫓겨나고
밀려났지만 결코
포기할 수 없는 목숨
끝내 숨길 수 없었던 순결

한 무리
백제 유민인 듯
백제 유민인 듯

떠나온 나라를 바라보며
저만큼 멀어져서
이쪽을 바라보고 있는
새하얀 마음들아

내 니들 마음을 안다

니들 슬픔을 안다.

카톡 사진

점심이나 먹었니?
자꾸 네게로 가서

강물이 되기도 하고
산이 되기도 하는 마음

더러는 새소리 되고
꽃이 되기도 하겠지

그런데 왜 네 눈을 보면
이렇게 슬퍼지는 거니?

작별

종미야
종미야
벌판에 서서
네 이름 한 번씩
부를 때마다
바람은 네 이름
데리고 어디론가
흘러가지만
마음속엔 한 잎씩
꽃잎이 생겨
드디어 나는
한 송이 꽃이
되기도 한단다.

잠시

구름이 흐르고
천둥소리 새소리 스쳐도
끝끝내 흐려지지 않는
호수
깊은 골짜기 아무도
모르는 호수처럼
너 그렇게 맑게 고요하게
끝끝내 변함없이
그 자리 그 모습 그대로
있을 것만 같아
나를 기다려
커다란 눈망울에 산을 하나
품고 있을 것만 같아
문득 눈물겨운 날이
나에게 있었단다

— 지금은 내 생애 가장

아름다운 한때.

겨울 차창

모두가 안개다
안개일 뿐이다
너를 두고 밤을 새워
보고 싶어 한 일도
가슴 두근거린 일도
한때의 안개일 뿐이다

차창에 흐르는 것은
다만 박무薄霧
비어 있는 들판
시든 풀숲이며
이파리 떨군 나무들
나무들 행렬

너 지금 어디 있느냐

어디서 무얼 하고 있느냐
울고 싶은 나를 이대로
버려두지 말아다오
아니다, 저대로 그냥
내버려 두어다오.

소년

산 너머, 산 너머란 말 좋다
산 너머, 산 너머
이름 모를 무덤이 있고
마을이 있고 개울이 있고
개울가 오두막집
버드나무 휘늘어진 집
예쁜 아이 하나 살고 있다
머리칼 길고 검고 부드러운 아이
걸을 때마다 머리칼
찰랑찰랑 개울물처럼 출렁대는 아이
앞모습은 어떨까 얼굴
제대로 한 번 보지도 못한 아이
강 건너, 강 건너란 말도 좋다
들판 건너, 들판 건너란 말도 좋다
바다 건너, 바다 건너란 말은

더욱 좋을 것이다.

백팩

별로 쓸모 있는 것도 없이
무겁기만 한 내 가방
손으로 들고 다니다가
팔이 아파 이제는
메고 다니는 가방으로
바꾼 지 오래
어깨에 메고 다니면서
왜 이렇게 무겁지?
끙끙거리며 불평을 한다
쓸모 있는 것도 없이
무겁기만 한 가방
내 인생이 그 꼴이고
살아가는 나의 하루하루가
또 그 꼴이지 싶다.

황금 손

일 많이 한 손
낡은 손
손가락이
비뚤어지기도 한 손
바빠서
손톱도 제대로
자르지 못한 손.

세수

아침마다 잠에서 깨어
찬물에 얼굴을 씻고 거울을 보면
거기 아버지가 와 계신다

그것도 반백에다가 주름이 많은
늙으신 아버지
요즘 네가 좀 뜸해서 내가 왔다

이 슬픈 놀이는
언제쯤 끝이 날 것이냐!

문학의 길

좋은 시 한 편 쓰면
잠시 기쁘고
좋은 책 한 권 내면
일주일쯤 기쁘고
바라던 문학상 받으면
몇 달쯤 뻐길 수 있지만
갈수록 좋아지는 건
좋은 시, 남들이 좋아해 주는
좋은 시 한 편뿐이다.

손 하트

서로 사랑하지도 않을 테면서
공연스레.

한강 북로

저렇게 눈부신 불빛을 보면서
서로 미워한 우리가 미안하다.

책을 덮는다

새벽에 일어나
양애경 새 시집
몇 편 읽다가
더는 못 읽겠다
책을 덮는다
가슴 아파 더는
못 읽겠다
이렇게 읽다간
시집 한 권
1년 두고 읽어도
다 못 읽겠다.

아이에게

나의 세상 문 닫을 때
내 눈앞에 네 얼굴이
보였으면 좋겠어
네 얼굴 뒤로는 눈부신
별빛의 폭포
별빛 뒤로는 끝없는 들판
그리고는 기나긴 강물,
강물이 있었으면
더욱 좋겠어
이제는 더 생각하지 않아도 좋겠고
잊어도 좋고
눈을 감아도 좋으리.

설중매

아직은 이른 봄날
쌀쌀한 바람 속에
뜰로 내려 매화나무
두 손 들고 벌을 받으며
겨울의 강물을 건넌
매화나무 가지에 손을 얹는다

매화나무 가지가 부르르 떤다
아무래도 매화나무가 오래
나를 기다렸나 보다
마음속으로 나를
생각하기도 했나 보다

며칠 뒤 눈발 속에
매화꽃 한두 송이 입을 벌렸다.

간이역

거기에는 우리가
두고 온 한 아이가 있다

거기에는 우리가 손을 잡았다
놓아버린 옛 애인이 있다

아직도 울먹이면서
손을 흔들고 있고

아직도 두 손을 맞잡은 채
기다리고 있다

가로등 되어
웃자라 버린 울타리 나무가 되어.

분명한 말

떠날 때 그냥 떠나기 없다고
말한 사람이 있었다

그래도 떠날 때는 어차피
아무 말도 하지 못하고
떠나겠지

떠남보다 더 분명한
말이 어디 있겠는지요.

시루봉 아래

나 아직 여기 있다
시루봉 아래 흰 구름 아래
나 아직 흘러가지 않고
세찬 물소리 그 곁에
나 아직 지워지지 않고

나 아직 여기 있다
너를 생각하는 붉은 꽃
심장 하나로
나 아직 여기 있다
나 아직 여기 울고 있다.

산

거기 네가 있었다
감았던 눈을 뜨자마자
네가 보였다
사랑하지 않을 수 없었다.

기쁜 일

누구에게선가 들었다

정말로 행복한 사람은
다른 사람을 행복하게 해주고
그 사람이 행복해하는 모습을 보면서
자기도 따라서 기뻐하는 사람이라고!

내가 또 그런 사람이 되고 싶은 걸
알게 되어 기쁘다.

윤동주 2

아무것도 되지 않고 싶었고
아무것도 되지 않았던 사람

다만 사람이 되고 싶었고
윤동주 자신이 되고 싶었고

오직 소원이 있다면
시인이 되고 싶었던 사람.

애인

누이라 했고
딸이라 말했으니
너무 많이 울지 말아라

나 떠나는 날
누이만큼만 울고
딸만큼만 울고
누이만큼만 슬퍼하고
딸만큼만 슬퍼해라

의심받을라!

아직은 다행

몸이 아프면 그립다
찹쌀로 흰죽을
쑤어주시던 외할머니

앓고 일어난 식구를 위해
서둘러 질매장에 가서
조기 몇 마리 사 오시던
젊은 아버지

아직은 다행이다

청하지 않았음에도
찹쌀죽을 쑤어주고
조기찌개를 해주는
늙은 아내가 함께 있어서.

흰죽

어려서 학교 갔다 와서 몸이 아프면 무조건 방에 들어가 이불을 덮고 잠을 잤다. 그러면 외할머니 옆에 와서 이마를 짚으시면서 얘가 몸이 많이 아프구나, 말씀하시며 흰죽을 쑤어주셨다. 쌀알이 곱게 몸을 녹여 만들어진 흰죽. 맨간장에 한 숟갈씩 떠서 먹으면 아픈 몸이 조금씩 풀리면서 천천히 좋아지던 흰죽. 흰죽 속에는 외할머니의 마음이 들어 있다. 한평생 하얀 치마저고리에 쪽을 찌고 살았던 외할머니. 한평생 외손자인 나 한 사람만을 위해서 희생을 아끼지 않으셨던 분. 흰죽 속에는 외할머니의 숨결이 들어 있다. 지금도 몸이 아프면 흰죽을 쑤어주는 아내가 있으니 참 다행한 일이다.

황혼

검은 산 검은 들
조금씩 기울어져 가는 하늘
서쪽 하늘에만 유독 붉은빛
하늘이 연짓빛 잠시 화장을 했나?

곱기도 해라 그 위에
통곡이라도 놓고 싶어라
점점 어두워지는 마을
안쪽에 살아나는 불빛들 두엇
그 가운데 하나는
외할머니네 집

할머니, 그 나라에서도
여전히 평안하신지요?
제가 어느새 이렇게

나이가 많은 사람이 되었답니다.

논산 들

어두워져 가는
들판 위에
불빛 불빛
들일 마치고
소를 몰고
힘겹게
집 찾아오시는
아버지 아버지
아버지 따라
타박타박 걸어오는
우리 집 소
워낭 소리 듣는다.

첫 전화

1월 1일 새벽 시간
자다가 깨어
부재중 전화 확인
아 2022년 첫 전화 건
사람 있었네

새해에도 씩씩하게 살아라
밥 잘 먹고 잠 잘 자고
사람들과 만나 자주 웃고
좋은 차도 사서 마시며
이야기도 나누며

문자 메시지에 적는다.

지상에는 없는 일

날씨 며칠 춥고
밤사이 눈이라도
싸락싸락 내려
눈 위에 햇빛 은가루로
부서지는 날

모처럼 오래된
시장에라도 가서
목에 토끼털 달린 외투 하나
사서 걸치고 터덜터덜
시골로 가는 버스를 타고
어디론 듯 숨어 있는 마을 하나
찾아내고 싶어라

그 마을에 허름한

막걸리 술집이 있고
햇빛 환한 창가에
내가 만나고 싶어 하는
옛날의 내가 기다리고 있을까?

이보게 참 오랜만일세
눈물 글썽이며 그와
정다운 악수라도 나누고 싶다.

여행지 아이에게

가고 싶다고
말하고 말하던 여행
그래도 며칠 혼자 지내니
쓸쓸하지?
집 생각 식구들 생각
많이 나지?

여행이란 그런 거야
이미 알겠지만
여행이란 그러려고
돈 들이고 시간 들여
고달프게 떠나는 거야

고달픈 시간들
잘 껴안고 있다가

집으로 돌아가렴

여행지 아이에게

전화를 한다.

함구

이기적인 인간이라
나무라지 마라

너처럼 오래 한자리 지켜
나를 생각해 준 사람 없고
너처럼 밤을 새워가며
나를 위해 기도해 준 사람
없다

혼자서 쓸쓸했을 것이다
외로웠을 것이다
슬프기도 했을 것이다

그래서 너를 가슴속 깊숙이
감추기로 한다

너도 발설하지 말아라.

불만족

나는 많은 것들에 대해서 만족한다
8천만 원짜리 나의 낡은 아파트에 대해서 만족하고
여섯 번 큰 수술을 해서 여섯 번 깨진 항아리라고 부르는
늙은 여자인 아내에 대해서 만족하고
이제는 다 자라 집을 떠난 아들과 딸아이에 대해서 만족하고
나의 두 대나 되는 자전거에 대해서 만족하고
조그만 적산가옥 한 채일 뿐인 풀꽃문학관에 만족하고
네가 아직도 내가 사랑하는 사람인 것에 대하여 만족하고
심지어 너의 예쁜 아기에 대해서도 만족하고
내가 연금생활자이고
여전히 주머니가 헐거운 사람인 것에 대해서도 만족한다
하지만 단 한 가지 나에 대해서는 만족하지 못한다
그 항목을 일일이 밝힐 수는 없다
어쨌든 나는 한참 모자란 사람이고
아직도 무언가 되기는 되어야 할 사람인 것은 맞는 일이다

그것이 바로 꿈이고 나의 소망의 근거다.

인생

사막 하나를
사이에 두고

막막한 이쪽과
적막한 저쪽

세상 끝날까지
너와 나.

휴가철

며칠 게으름 피운 사이
부쩍 자라버린 수염
젊은 시절 검던 수염이
하얗게 변해 있었다
하얀 수염을 보며
문득 슬퍼지는 마음
서둘러 수염을 자른다
수염이 잘라지면서
슬픔도 잘려나간다

내일부터는 거르지 말고
면도를 해야겠다.

낙엽처럼

좋았어 좋았어
참 좋았어
이별의 인사는 여러 번

사랑해 사랑해
정말 사랑해
사랑의 고백도 여러 번

이별의 아픔과
사랑의 아쉬움이
마음에 남지 않을 때까지

끝내 이별을 할 때는
가볍게 가볍게
손을 흔들며

호습게 호습게

안녕 안녕

다만 사랑해서 좋았단다.

헌사

죽으라면 죽겠고
참으라면 참겠고
기다리라면 기다리겠고
떠나라면 떠나기도 하겠지만
잊으라는 말만은 차마
들어드릴 수 없답니다.

5.

연인

다리를 꼬고 말하는 남자
11자로 반듯한 다리로
듣고 있는 여자
귀여워라

11자로 반듯하게 서서
듣는 남자에
다리를 꼬고 말하는 여자
사랑스러워라.

자작나무 숲

새하얀 숲
새하얀 나무 몸통

곧은줄기 끝에
연둣빛 이파리
파들파들

그 위에 초승달
홀로 나와
슬프다

그 아래 어슬렁거리는
여우 한 마리는
더욱 슬프다

이리 온

내가 안아줄게.

반전

모처럼 외갓집 마을을 찾아간 적이 있다. 어려서 살던 외갓집 마을이 깡그리 변해 있었다. 집이며 길이며 밭이며 나무들이 바뀌고, 바뀌지 않은 건 오직 외갓집 뒤에 서 있던 은행나무 고목 하나와 마을의 공동 우물터.

쓸쓸한 마음으로 찾아간 마을의 뒤편. 그곳은 전혀 변하지 않고 있었다. 봉분조차 망가진 무덤이며 이름이 지워진 빗돌이며 옛날의 숲길이 그대로 수줍게 몸을 낮춘 채 나를 기다리고 있었다.

그래, 그래, 고개를 끄덕이며 다가오는 잊혀진 기억이며 느낌들. 서서히 편안해지기 시작하는 마음. 잊혀지고 버려지므로 오히려 변하지 않을 수 있었다니!

새벽 시간 2

뜬금없이 새벽 시간 잠 깨어
귀가 가렵다
몇 해 전 하늘나라 가신
어머니
더 먼저 하늘나라 가신
외할머니 만나
내 얘기
하고 계신가 보다.

노 쎄이

생전의 박용래 시인

술 한잔 드시거나

맘 편한 사람이 옆에 있어

말이 헤퍼지면

입에 달고 살던 말

노 쎄이 No say

처음 들어본 말

말하지 마라 말하지 마라

그런 뜻인데

시인의 입에서 나온 말로

셧 더 마우스보다

얼마나 부드럽고

살가운 느낌이어서

좋았던가

더러는 서러운 느낌이기도 했는데

노 터치 그 삼엄한 말이

노다지로 변한 것처럼

시인은 노 쎄이란 말이

시의 노다지가 되기를 바라면서

그렇게 자주 했던 게 아닐까

지금도 노 쎄이 노 쎄이

소리 내어 보면

입술 사이로 새어 나가는

서러운 느낌

가을바람이라도 살짝

스치고 가는 듯싶다.

김종삼 시인

수덕사에서 열린 한국시인협회
가을 세미나 자리에서였다
점심 식사를 마친 시인들이
식당 밖으로 나와
삼삼오오 잡담하고 있을 때였다
정원의 나무에 기대어 선
남자 시인이 김종삼 시인이라고
누군가가 일러주었다
암갈색 작업복 차림에 깡마른 인상
거무스름한 얼굴
베레모를 눌러쓰고 있었다
말이 많은 시인들 가운데
오직 입을 다물고 있었다
마치 6·25 전쟁을 마치고
돌아온 병사 같았고

서부 영화 화면에서 금방
튀어나온 사내 같았다.

활인검

— 이영주 닥터

입원환자 회진 시간에
양말 신은 걸 보지 못했다

사철을 가죽구두
안에 담겨진 맨발

급하게 수술실로 들어가서
칼을 잡기 위해서라 그랬다

안경알 너머 날카로운 눈빛에
번득이는 칼날

그러한 칼을 사람들은
활인검活人劍이라 부른다

나도 실은 하룻밤 사이
두 번이나 칼을 맞고

기적처럼, 정말 기적처럼
살아난 사람이 되었다.

눈빛

― 이성구 닥터

환자와 먼저
눈을 맞춘다

입으로 말하기 전에
눈으로 말을 한다

동그랗고도 맑고도
깊은 눈

그 너머로 흐르는
잔잔한 기도

하나님, 이런 의사 한 분
이 땅에 보내주신 것 감사합니다.

정월 초사흗날

문단 행사 때마다 축사를

길게 길게 하시던 어른이 있었다

축사가 너무 길다고 작은 소리로

불평을 늘어놓던

그보다 나이 아래 중견 시인들도 있었다

어느덧 축사를 길게 길게 하시던 어른도

가고

불평을 늘어놓던 중견 시인들도

떠나고

강물처럼 유장한 축사와

빗방울처럼 튕겨 나오던 신선한

불평을 엿듣던 귀만 남아

그 소리들을 그리워하고 있다

사람 사는 일 참 쓸쓸하다

오늘은 새로 정월 초사흗날.

공방

비라도 이슬비
봄비 내리는 날
혼자서 그릇을 빚는 도공

도공의 슬픔을
한 모금씩 받아 마시며
그릇으로 몸을 바꾸는 흙

오늘 같은 날은
나의 슬픔이 내가 만드는
그릇에 스며들까 봐
걱정이 돼요

그 말을 듣고 또
창밖의 봄 나무들이 서둘러

꽃잎을 준비하고 있었다.

투정

설날 지나 며칠 사이
마음이 많이 서글프고 불안하다
내 나이 어느새 만으로 77세

오늘 저녁은 거실에서 티브이 보던 아내
잔다는 말도 하지 않고 슬그머니
자기 방으로 들어가 불 끄고 잠을 잔다

언제나 불면증으로 자정 넘도록
티브이 틀어놓고 잠을 청하던 아내
오늘은 웬일인가 문득 걱정스런 마음

이다음 우리가 세상 떠날 때에도
서로 이렇게 온다 간다 말 한마디 없이
그렇게 떠나는 건 아닐까 미리 겁이 난다

아무래도 내가 늙기는 늙었는가 싶다.

은현희 작가

내가 아는 은현희 작가

출판사 에디터이기도 한 소설가

그러나 나는 그녀를 은현희 작가라고

부르는 걸 좋아한다

은현희 작가 은현희 작가

자꾸만 소리 내어 불러보면

아득한 마음이 들고

어디라 없이 머언 산골짜기

자작나무 수풀이

떠오르곤 한다

자작나무 높은 가지 사이로

흘러가는 구름이 보이고

스적스적 쓸쓸하게 지나가는

바람 소리 또한 들려온다

새소리라도 물소리라도

따라서 조금 번졌을까?

들꽃이라도 몇 송이

피어서 흔들렸을까?

야튼, 은현희 작가라고

작은 소리로 불러보면

그런 아득한 생각이며 느낌들이

나를 스쳐 가는 것이다.

사랑

우연히 내 안에
들어온 너, 처음엔
탁구공만 하더니

점점 자라서
나보다 더 커지고
지구만큼 자라버렸네

너를 안아본다
지구를 안아본다.

독자와 더불어

하늘 허공을 가던
외로운 별 하나
내 옆에 머물었구나

사막 한가운데 피어 있던
목마른 꽃 한 송이
내 옆으로 왔구나

그렇게 생각하면 나도
또 다른 별이 되고
꽃이 되기도 한다오.

할 말 없음

딸아이가 물었다
아빠, 월남으로
파병 갔을 때 어땠어?
더웠지
아빠, 정말 어땠어?
정말 더웠지
그것 말고 또 없어?
응, 정말 많이 더웠다니까.

제비꽃

봄이 와서
기쁘냐?

그래
나도 기쁘다.

바람 부는 날

당신이 곁을
지켜주시어

덜 흔들릴 수
있었습니다

고맙습니다.

너는 별이다

남을 따라서 살 일이 아니다
네 가슴에 별 하나
숨기고서 살아라
끝내 그 별 놓치지 마라
네가 별이 되어라.

그것을 믿어야 한다

별은 아슬하고 멀어서
가질 수 없고
가까이 갈 수도 없다

그렇다고 별이 없다고
말하거나 별이
소용없는 것이라
말해선 안 된다

가슴속에 별이 있는 사람과
별이 없는 사람은 전혀 다르다

적어도 가슴속에 별 하나 숨기고
그 별의 안내를 받으며
살아가는 사람의 삶은

달라도 무언가 많이 다르다

가슴속의 별을 따라가면서
살다 보면 언젠가는
그 자신 별이 되는 순간이 끝내
오고야 말 것이다

그것을 믿어야 한다
하늘이 흐리다 해서
별이 없다고 우겨서는
안 되는 일이다.

5월, 루치아의 뜰

공기가 달라요
햇빛이 달라요
날개 달린 공기
발이 달린 햇빛

사람 생각도 달라져요
작은 일이 느닷없이
소중한 일이 되고
흔한 일들이 느닷없이
아름다운 일로 바뀌어요

먼 데서 온 아이
깔깔 웃음조차 꽃송이 되어
신록의 나뭇가지에
매달려요.

세월

낮에는 그럭저럭
버티며 살다가도
밤이면 아프다
아내도 나도 아프다

늙어서 그런 걸 어쩌랴
가끔은 아버지
어머니 생각을 한다

아, 그분들도 이만했을 때
이렇게 아프셨겠구나!
아버지 어머니와의 거리가
많이 가까워졌다.

그래

꽃 피는 봄날에
만나러 오겠다는
말에

그래
그래
그래
그렇게 하자꾸나

'그래'란 말끝에
그렁그렁
맺히는 눈물

보고 싶다
많이

그리고, 고마워.

몸

사람에게
몸이란 것이 있었구나!

예전엔 몸이 나를
데리고 다녔는데
요즘은 내가 몸을
데리고 다녀야 한다

참 성가시고 귀찮다
예전엔 몸이 나를
그렇게 생각했을 것이다.

아들아 멈추어다오

아들아 이제 그만 그쯤에서
멈추어다오
지금 네가 가고 있는 길은
들길이나 산길이나
오솔길도 아니고
어둠의 길 낙망의 길 낭떠러지 길이다
네가 지금 보고 있는 빛은
진짜의 빛 생명의 빛이 아니고
그 반대의 빛이다
아들아 그만큼 그 자리에서
멈춘 발길을 돌려다오
밖으로 나와 시원한 바람을 쏘이고
초록의 세상을 보아라
작지만 크고 가난하지만 넉넉한
세상이 바로 그 세상이다

너의 어리석음을 굳이 나무라지는 않으마
지금까지의 오류를 탓하지도 않으마
인생에서 지름길 빠른 길은 절대로 없다
시작이 있으면 끝이 있는 법
어디쯤 어느 때쯤인가 인생은
끝나게 되어 있고
짧은 한 편의 연극같이 언젠가는
막이 내리게 되어 있다
하지만 어떠한 인생도 부질없고
무의미한 인생은 없다
길면서도 짧고 짧으면서도
긴 것이 인생
부디 네 앞에 주어진 짧고도 길고
길고도 짧은 너의 인생을 사랑해라
그러면 그쯤에서 멈출 수 있고

발길을 돌릴 수도 있을 것이다
아들아 너의 인내와 지혜를 믿는다
너의 이마 위에 뜬 너의 별이 너를
끝까지 잘 이끌어줄 것을 믿는다.

딸아, 고맙다

딸아이만 생각하면 지금도
가슴이 조그마해지고 푸른
물기가 돌고 생기가 돈다

딸아이만 생각하면
나 자신이 금세 어린 사람이 되고
젊은 시절의 나로 돌아간다

젊은 아빠,
날마다 고달프고 힘들었지만
딸아이 생각 가슴에 안고서
한 걸음만, 그래
한 걸음만, 스스로 달래며 살던
나 자신이 된다

딸아이는 마음의 보석
어둡고 답답한 인생의
하늘에 뜬 별빛
바람 부는 날의 풍향계

딸아, 고맙다
네가 있어서 내 가난한 인생이
오래 좋았단다.

제삿날

달을 보며 어른들이 모여들었다
1년에 딱 한 차례
외할머니랑 둘이서만 살던 꼬작집
대보름도 지나서 음력 9월 보름날 저녁
어둑한 집 안이 밝아지고
좁은 집 안이 더욱 좁아졌다
아버지 어머니, 나와 띠동갑인 사촌 외숙
외할머니 친정 남동생 둘
어른들은 밝은 달이 이슥도록
외할아버지 생전 이야기를 나누었다
우렁우렁 남자 어른들 목소리가
처마 밑을 오래 맴돌다가
허공으로 흩어지곤 했다
누군가의 입에서든 외할아버지
돌아가시던 날도 이렇게

달이 밝은 밤이었다는 말이
어김없이 나오곤 했다
어린 나는 외할아버지는 돌아가시어
분명히 밝은 달이
되었을 것이라고 생각하곤 했다.

그 미소

올해는 웬일인지
깽깽이풀 꽃이 늦다
늦어도 아주 늦다
깽깽이풀은 연보랏빛
줄기가 나오고 그 위에
하늘하늘 연보랏빛 꽃잎
네다섯 장씩 피어
가늘은 바람에 가늘은
웃음을 날리는 꽃
늦더라도 올해도 꽃대를 올려
꼭 그 연보랏빛 예쁜 미소
보여주었음 좋겠다
그래 그 미소 만나지 못해
올해는 많이 많이 섭섭.

이별 아이

꽃 피고 새가 우니
더욱 네가 보고 싶어진다

꽃 속에 너의 웃는
얼굴이 있고

바람 속에 너의 목소리
들었는가 싶어서…….

돈

나에게는 돈 돈
하지 않고
너에게만 돈 돈 돈
한다

그게 무슨 말인가?
나에게 돈 달라
돈이 필요하다
그렇게 말하지 않고

너에게만
이게 돈이다
이 돈 받아라
돈이 필요할 것이다
그리 말한다는 뜻

솔직히 말해보자

사람 사는 세상에

돈 가지고 안 되는 일 있던가?

죽고 사는 일 빼놓고는.

돈 돈

나는 아버지 어머니께
돈빚을 많이 졌다
특히 중고등학교 학생 시절
자라서 청년 시절에도 가끔
돈 신세를 졌다

그것도 돈이 당장 필요할 때
길을 떠날 때
아침나절에 어머니에게
돈이 얼마 얼마 필요하다고
급하게 말씀드리곤 했다
우리 집에 돈이 없다는 걸
미리 알았기 때문에

그러면 아버지는

왜 저녁에 미리 말하지 않고
아침나절에 말하느냐 불평하면서
이 집 저 집 돌면서 돈을 구해다
내 손에 쥐어주셨다

그러므로 나는 지금이라도
아버지에게 돈빚을 갚아야 한다
어머니가 세상에 안 계시니까
아버지에게라도 용채를 자주, 많이
드려야 한다

아버지, 힘들더라도 좀 더 살아주세요
저에게 돈빚을 갚을 기회를 주세요
아버지는 용채를 받으실 자격이
충분하십니다.

돈 돈 돈

나는 날마다 아침마다
아내에게 돈을 주는
남편이 되고 싶다

만 원이라도
천 원짜리 몇 장만이라도

젊어서 아내
너무나 돈고생을
시켰으므로

어린 딸 민애가 말하길
아빠는 왜 돈으로 문제를
해결하려 하느냐
핀잔하기도 했지만 말이다.

돌고 돌아

가지고만 있는 돈은
내 돈이 아니다

쓴 돈만이
내 돈이다

죽을 때 가지고 죽는 돈은
더구나 내 돈이 아니다

좋은 곳에 쓴 돈만이
비로소 내 돈이 된다.

새의 눈

호동그랗고 맑고 깊고
쉽게 깜박이지 않는 눈
바람 부는 날에도
여전히 맑고 깊고
그윽한 눈초리로
어지러운 세상의 중심을
지키고 있었으리
어여뻐라 사랑스러워라
가슴에 품는다
오래 잊지 않는다.

6.

환생

귀가 예쁜 여자는
마음이 예쁜 여자

귀가 복스런 여자는
복 많이 받은 여자

귀만 바라보면서도
한세상 살 만한데

청옥빛 찰랑찰랑
귀 끝에 걸린 귀고리라니!

다시 오는 생애에도
다시 만나 살았음 좋겠네.

최소한의 아버지

누군가의 아들
누군가의 형제
누군가의 친구
누군가의 이웃으로 살면서

직장인, 사회인,
가장 많이 마음을 주고 산 것은
시인

그러다 보니 작아질 대로
작아진 마음
최소한의 아버지
초라한 남편

미안해요, 여보

미안하구나, 애들아
지나온 날을 돌아보며
고개 숙인다.

새삼스레

20대 나이 도시를 떠돌다가
실연당하고 돌아온 고향
낯익은 언덕에서 문득 마주친
솔바람 소리, 쏴 하니
가슴을 쓸어주던 그 소리
머언 바다 물결 소리 같기도 하고
영혼의 밑바닥에서부터 울려오는
울음소리 같기도 하던 소리
또 그 소리 옆에 자그맣게 놓인
시냇물 소리
이 사람아, 이 사람아,
정신 좀 차리게
정신 좀 차려
어리석은 나의 인생을 조곤조곤
타일러 주시던 말씀

오늘은 봄비 곱게 내리고 바람까지

삽상颯爽하게 부는 날 오후

호미 들고 뜰에 나가

풀을 뽑다 보니 다시금

나를 찾아와 타이르시는 소리

이 사람아, 이 사람아,

왜 그리 살았노?

왜 그리 살았노?

새삼스레 가슴 쓸어내린다.

새봄의 전갈

거기 봄은 어떠니?

어느새 꿈결처럼

복수초 수선화 피고

살구꽃 앵두꽃 지천으로

피었다 지고

벚꽃 한창 보기 좋더니만

하룻밤 사이 찬비 내려

후루룩 눈처럼 지고

이제는 썰렁한 하늘

겨우겨우 수수꽃다리

연보랏빛 물방울 몽올몽올

피워 올리듯 매달고

검은 비구름 하늘 받들고 있단다

봄이 와도 꽃 옆에 마주

서 있어 보지도 못하는 우리!

그래, 너는 그곳에서
너의 봄 너의 꽃 너의 푸르름
잘 지키며 잘 지내렴
이것이 새봄의 전갈이란다.

당진 가는 길

아무도 보아주지 않고
아무도 지나다니지도 않는
잊혀진 길 벚꽃 길에
어제저녁 비에 벚꽃잎
화들짝 눈처럼 서리처럼
떨어져 쌓여 있으니
이를 어쩌면 좋으냐
이를 어쩌면 좋단 말이냐
분명, 이 봄에 너와 나
사람의 일도
그러할 텐데 말이야.

살아남기 위하여

순간순간 희망을 버린다
버리지 않으면
버티지 못할 것만 같아서
하늘 끝으로 빨려
올라갈 것만 같아서

들숨에 한 번 버리고
날숨에 다시 한번 버린다
사랑한다, 사랑했다
너를 버리고
너의 사랑을 버린다.

응원

아직도 지구 위에
제 조국 어버이 나라 위해
목숨 버려 싸우는 사람들 있다니
놀랍다

더구나 부모와 아이들
다른 나라에 맡기고
젊은 여성들까지 총을 잡고
침략자들과 싸우는 나라가 있다니
더욱 놀랍다

늙으신 지구가 좋아하시겠다
춥고 어두운 날씨라 해도
가슴이 밝아지겠다

자랑스러운 나라

우크라이나여

지구와 함께 더욱 씩씩해라

쓰러지지 마라 망하지 마라

영원무궁하라.

다만 기도

한 달 두 달이 아니다
1년 2년은 더욱 아니다
그렇다고 한 주일 두 주일도 아니고
다만 하루나 이틀
날마다 무사하기를
오늘이 어제 같고
내일이 또 오늘 같기를
그렇게 조금 더 지상에서
숨 쉬는 사람이기를
다만 바랄 따름이다

머리 조아려 기다릴 뿐입니다
굽어살펴 주소서.

축복

해가 떴구나
살아야지, 그러고
해가 졌구나
잘 살았구나, 그런다

그건
벌레들도 그렇고
새들도 그렇고
짐승들도 그렇고
하나님까지도 그러실 것이다.

봄 나무

나무야 나무야
너는 무슨 슬픔이 있어
그리도 울컥울컥
울음을 토해놓고 있는 거니?

연둣빛, 연초록으로
진한 초록으로
토해놓는 울음
산을 지우고 골짜기를 지우고
드디어 들판까지를 지우는구나

아니야 그것은 지구의 슬픔
지구의 울음
나도 이 봄이 다 가도록
나무의 울음을 따라서 울고

지구의 울음을 따라서 운다.

좋은 날 하자

오늘도 해가 떴으니
좋은 날 하자

오늘도 꽃이 피고
꽃 위로 바람이 지나고

그렇지, 새들도 울어주니
좋은 날 하자

더구나 멀리 네가 있으니
더욱 좋은 날 하자.

당신도 부디

아무래도 말기 행성인 지구
이 지구에 와서 만난 당신
가장 정다운 사람인 당신

우리가 만나고 헤어지고
가슴 졸여 사랑했던 일들을
오래도록 기억하고 싶습니다

주황빛 혼곤한 슬픔과
성가신 그리움이며 슬픔까지
오래오래 간직하고 싶습니다

당신도 부디 그래 주시기 바랍니다.

참 잘했다

산사나무 심기를 잘했다

키 큰 산사나무 아래 골담초 나무

그 옆에 앵두나무, 병꽃

더불어 심기를 잘했다

아침마다 나무들 아래

잔디밭 잡초를 골라주면서

올봄에 그 귀하다는 참벌들

꿀 찾으러 와서

닝닝거리는 소리 들으며

생각한다

어쩌면 나무들도 저들이

꽃 피우기를 잘했구나

생각할 것이다

꿀벌들도 꿀 찾으러 오기를

잘했구나, 스스로 칭찬할 것이다

그렇다, 무엇보다 오늘도 내가
살아 있는 사람이기를
참 잘했다.

봄날의 이유

그대 같은 사람 하나
세상에 있어서
세상이 좀 더 따스하고

서럽고도 벅찬 봄날이
조금쯤 부드럽게
흘러갑니다

아닙니다
빠르고도 세찬 봄날이
좀 더 천천히 흘러갑니다

이것이 그대에게
감사하는 까닭이고
그대의 우아함과 인내에

더욱 감사하는 까닭입니다.

지음知音

그대,

마음을 알아주는
마음 하나 있어
문득 눈물 번지는
신록의 저녁

나무마다 가지마다
솟아나는 초록이
또 그대로 울음이고
눈물이구려.

부산시 보수동 책방골목

바쁘게 번쩍이며 흘러가는 세상의 한 귀퉁이
천천히 두리번거리며 흘러가는 세상이 있다
부산시 보수동 책방골목
멀리서 보아도 정답고
가까이 가보면 왈칵 반가운 마음
오래 오지 못한 고향마을에라도 찾아온 듯한 감개
어디선가 젊은 어머니 행주치마에 손을 닦으며
마주 나와 손을 잡아주실 것만 같고
낫 들고 풀 베던 아버지 꾸부정한 허리로
빙긋 웃으며 맞아줄 것만 같은 골목
아니다, 무거운 책가방 힘겹게 한 손에 들고
이쪽으로 걸어오는 중학생 까까머리
고등학생인 내가 있을 것만 같은 거리
한 집 한 집 책방의 서가를 뒤지다 보면
어디엔가 내가 처음 만나 읽었던

시집들이 듬성듬성 꽂혀 있을 것만 같은 거리
누가 있어 이 마음의 고향을 지우겠다 그러는가
아름드리의 나무 한 그루 자라려면
50년 100년이 걸리지만
톱 들고 베려면 5분 10분이면 충분하다는 걸
왜 모르시는가!
100년 200년 된 고향을 무슨 억지 억하심정으로
없애겠다 고집하는가!
그냥 두시라, 그냥 그 자리
옛 모습 그대로 계시도록 놔두시라
부산시 보수동 책방골목은 우리들 청춘의 고향
오래 묵었지만 여전히 푸르게 숨 쉬는 젊음의 나라
부디 앞으로도 오래 거기 안녕하시라
그리운 마음 가슴에 차고 가득 차면
숨 가쁜 발걸음으로 찾아가리라

만나고, 또 만나고, 가슴에 안기도 하리라.

당신들의 게토

별일도 많다

젊어서 더러 다른 시인들 나더러, 나의 시더러

사회성 없다 역사성 없다 핀잔한 일 있었다

친한 시인들 가까운 시인들 가운데도 그랬다

일종의 폄하다

그때도 그랬고 지금도 그렇지만

시에서 사회성 역사성이란 게 무언지 나는 묻고 싶다

도대체 모르겠다

시인이여 유식한 시인이여

당신의 울타리 게토에서 나오라

당신이 그러면 그럴수록 당신의 시가

당신을 얽어맬 것이고 당신을 부자유케 할 것이다

시는 게토가 아니다

시는 화통이고 바람이고 바닷물이다

당신의 결박을 풀고 밖으로 나오라

시로서 시는 해결되지 않는다

그냥 그대로 하루하루 평범한 인생으로서만

시는 해결되고 바로 서게 된다.

모란 옆에

저녁나절

어스름에

퍼얼럭

애기 손바닥만 한

꽃잎이 또 하나

진다

춤추듯

땅으로 내려앉는다

예전엔 내가

좋아하는 사람

마음 변했을까

그것이 걱정이었는데

이제는 내가 아는 사람

하나

세상에서 주소를

옮겼을까

그 안부가 걱정이다.

마가렛

새하얀 달빛 혼자 찾아와
날이 밝도록 울다 갔는가

끝끝내 지켜질 수 없었던
누군가의 약속

그런 일도 있었노라고
그런 일도 있었노라고

바람결에 조그만 한숨 소리
들려오는가 싶어라.

남의 집 대문간

개양귀비꽃 흐드러진 5월이라도 중순
자전거 타고 가다가 내려
남의 집 대문간 화분에 피어난
개양귀비꽃 붉은빛 들여다보며
곱구나 곱구나
붉어도 어떻게 이렇게 붉지?
개양귀비꽃과 눈 맞추며
너를 생각한다
밝고 환한 햇빛 속에
오직 부끄러움 없는 아름다움이며
자랑스러움
너인가, 너의 마음인가 그런다.

떠난 아이

꽃 피고 새가 우니
네가 더욱 보고 싶다

꽃 속에서 네가
웃고 있고

새 울음 속에 너의 목소리
들었는가 싶어서.

장춘長春

끝날 듯 끝날 듯
이어지는 봄

봄 여름 가을 겨울
다시 봄.

허방지방
― 최명환 벗님

젊지 않은 나이에
지나간 이야기
지금 이야기
또 내일 이야기

허물없이 허방지방
나눌 수 있는 벗님
한 분 남아 있음이
어찌 아니 좋으랴

하다가 아무 데서나 끝나도 좋고
아무 데서나 다시 이어져도
대뜸 이야기 핏줄이 통하는
입과 귀

멀리 있어도

가까이 있는 듯

그 아니 기쁘고 감사하랴

인생의 천금이 이보다

귀하지 않아라.

붓꽃 5월

심해선 밖
남빛
그리움

온종일
길어다
채우고
또 채워도

끝내
채워지지 않는
뜨락의
목마름

네가 오는 날

비로소 철렁

채워질까

그런다.

공통점

날마다 큰 가방 하나
들거나 등에 지고
바쁘게 힘겹게

어딘지도 모르고 가고
누군지도 모르고 만나고
무슨 일 하는 줄도 모르고
하는 사람들

필경 그들은 거지거나
대학교 교수거나
나 같은 시인

그렇지만 그들 큰 가방 속에
무엇이 들어 있는지는

하나님 외에는

그들 자신도 잘 모른다.